I0686659

DU

PATRIOTISME

DANS LES ARTS

RÉPONSE

A M. VITET SUR LE MUSÉE NAPOLÉON III

PARIS

IMPRIMERIE DE L. TINTERLIN ET Cⁱᵉ

RUE NEUVE-DES-BONS-ENFANTS, 3.

DU

PATRIOTISME

DANS LES ARTS

RÉPONSE

A M. VITET SUR LE MUSÉE NAPOLÉON III

PAR

ERNEST DESJARDINS

PARIS

E. DENTU, LIBRAIRE-ÉDITEUR

PALAIS-ROYAL, 13 ET 17, GALERIE D'ORLÉANS

1862

DU

PATRIOTISME

DANS LES ARTS

RÉPONSE

A M. VITET SUR LE MUSÉE NAPOLÉON III

————— ✣ —————

MONSIEUR,

Ce n'est pas sans étonnement que je vous ai vu prendre
à partie, dans l'article que vous avez consacré à la collection Campana (*Revue des Deux-Mondes*, du 1er septembre), ma bien modeste *Notice sur le Musée Napoléon III;* car, quoique vous évitiez de me nommer, il
m'a été impossible de ne pas reconnaître mon petit écrit
par les nombreux passages que vous en citez. Je vois
bien ce qui lui a attiré cet honneur inattendu, c'est que
vous lui avez supposé je ne sais quelle haute origine, — et
vous en avez transformé l'auteur en « avocat d'office »
et en « prôneur » de commande. Or, je tiens avant tout à
vous ôter de cette erreur, en vous laissant le regret d'a-
voir combattu de votre plume exercée et dédaigneuse le

plus humble, mais le plus indépendant de vos contradic-
teurs. Or, comme ce n'est pas à d'autres qu'à lui que s'a-
dressent vos coups, vous conviendrez sans peine qu'il ne
peut offrir qu'une proie assez mince à un critique aussi
autorisé que vous l'êtes.

La simple réflexion qui suit aurait pu, toutefois, vous
épargner de si grandes dépenses . si j'eusse tenu la plume,
comme vous le voulez, pour le gouvernement, — qui eût
apparemment fait un choix meilleur, — ou le ministre, que
sais-je? comment mes conclusions eussent-elles été précisément le contraire de la mesure qui a prévalu? Il est
vrai que mes articles ont paru au *Moniteur*, mais vous
savez que tout ce que contient ses colonnes ne saurait
être *officiel*. Ce que vous ignoriez très-certainément, d'ailleurs, c'est que j'y écris depuis plusieurs années.

Enfin, si ma petite Notice s'est trouvée à la porte du Musée, c'est qu'elle pouvait suppléer, dans le principe, aux Catalogues qui n'étaient pas encore publiés, et qu'à ce titre
elle pouvait rendre quelque service aux visiteurs peu
exigeants. On avait eu soin de les avertir. Cela, d'ailleurs, regardait mon éditeur, qui est aussi le vôtre, et
ne saurait, en aucun cas, donner le moindre caractère
officiel à ma brochure, l'auteur n'appartenant à aucune
administration provisoire, définitive ou autre.

Or, si obscur que soit mon nom, je suis dans l'usage de
ne le mettre qu'au bas des lignes dont je suis bien l'auteur, mais de l'y mettre toujours, et, en cela, permettez-
moi de croire que mes scrupules égalent au moins et sur-
passent peut-être les vôtres. Mais, loin de me fâcher de

ce que vos paroles ont de désobligeant, je m'empresse
de vous remercier, Monsieur, de l'occasion que m'offre
votre méprise, pour défendre encore, à ma manière, ce
que je considère comme la meilleure des causes. Il
me semble, en effet, que, tout en cherchant « au fond,
— comme vous le dites, — à *réhabiliter cette collection
Campana* que vous aimez, » vous vous y prenez de telle
sorte que le public impartial pourrait bien n'en pas être
content, et je m'assure que vous faites mieux, sans le
vouloir, les affaires de M. Guédéonoff et de M. Robinson
que celles des bonnes gens de Paris. Ce que j'affirme, du
moins, c'est qu'aucun écrivain étranger n'a dû faire
autant de mal au Musée Napoléon III, — ou à la collection Campana, puisque ce nom vous plaît davantage,
— que vous, Monsieur, en en voulant dire du bien.

Mais ce que je crois non moins fermement, c'est que
votre sincérité ne saurait être mise en doute. Votre caractère et votre indépendance sont au-dessus du moindre
soupçon de ce genre.

Tout le monde sait que vous n'êtes pas de ces hommes
qui sacrifient de propos délibéré les intérêts et les gloires de leur pays à leurs passions politiques ; qui se met-
traient plutôt du côté des rieurs anglais, — quoiqu'il leur
en coûte de rire de cette façon, — que d'avouer, par
exemple, que l'État a bien agi en telle rencontre ; qui,
cherchant partout un débouché à leur mécontentement,
voudraient introduire dans la science et les arts, comme
un drapeau politique ; qui, dans le zèle de leur dénigrement
et dans l'emportement de leurs rancunes, ne gardent plus

aucune mesure et partageraient volontiers les lettres en
deux camps ; qui enfin, comme le disait un de vos confrères, voudraient distinguer, par exemple, à des signes
certains, la *grammaire de l'opposition* d'avec *celle du
gouvernement*. Comme vous n'êtes point de ces gens-là,
Monsieur, je suis étonné que vos informations se trouvent
inexactes au point que vous donniez pour vraies les erreurs matérielles les plus faciles à rectifier ; l'on ne peut
comprendre qu'une critique aussi habile, ayant à son service une plume aussi élégante que la vôtre, laisse tant
d'avantage à vos adversaires. Il leur sera trop facile de
signaler ce que vos jugements ont d'imprévu pour « *les
hommes du métier*, » dont vous semblez invoquer l'autorité. Aussi bien, est-ce leur témoignage qui vous ré-
pondra, et ils ne m'ont pas choisi pour leur « avocat
officiel, » Mais, pour procéder avec ordre, permettez-moi,
Monsieur, de vous suivre pas à pas. En votre compagnie,
le chemin sera moins long pour mes lecteurs et pour moi
même.

I

Ce qui frappe tout d'abord ceux qui lisent votre article, c'est que le tour en est infiniment agréable et que tout
y est bien dit. Or, il faut reconnaître qu'en France, au-

près de bien des gens, ce qui importe le plus n'est pas d'avoir raison, — car cela n'est pas très-difficile, et, en toute cause, il y a d'ordinaire une des deux parties qui a le bon droit pour elle, — mais de montrer qu'on a bien de l'esprit et toutes les apparences du bon sens.

C'est là proprement, Monsieur, l'avantage que vous avez. Vous possédez « l'art de tourner les choses, comme dit Sganarelle, d'une manière qu'il semble que vous ayez raison, et cependant il est vrai que vous ne l'avez pas. » — Mais il est temps d'en juger.

Voici votre début :

« Depuis que nous savons, par quelques mots du *Mo-* « *niteur*, que la collection Campana ne sera pas érigée, « comme on le pensait d'abord, en Musée spécial et indé- « pendant, qu'on ne lui bâtira pas un palais et qu'elle ira « tout simplement se fondre dans les galeries du Louvre, « remarquez-vous comme on en parle moins. »

On voit bien, Monsieur, que vous habitez la campa- gne, car on a parlé beaucoup du Musée Campana dans ces derniers temps. On a rarement protesté avec plus de vivacité contre une note du *Moniteur*, que ne l'a fait le journal *des Débats*, que vous devez lire souvent, *l'Indé- pendance*, qu'on doit vous procurer quelquefois, *la Cor- respondance littéraire*, et tous ceux enfin qui admirent et aiment vraiment le Musée Napoléon III. Quant au *Moni- teur*, il n'a pu protester contre sa propre note. Pour ma part, je l'eusse fait volontiers ; mais on ne m'a pas permis de blâmer au bas de la page ce qui se trouvait plus haut. Je ne puis sérieusement m'en plaindre, mais vous ne de-

viez guère vous en étonner. C'est donc cette note qui
vous réjouit si fort, Monsieur, et que vous approuvez sans
réserve. Je le crois bien. Mais ce m'est un signe assuré
que la mesure n'était pas très-bonne et qu'elle n'aura
peut-être pas été prise dans l'intérêt de l'Empereur ni de
son Musée. J'y reviendrai bientôt.

Vous vous demandez ensuite si le prétendu silence des
journalistes ne serait pas causé par cette décision mal-
heureuse qui avait pour but de fondre dans les galeries
du Louvre et d'éparpiller dans les provinces la riche collection que vous vous donnez la peine d'apprécier, ou
plutôt que vous avez pris à tâche de déprécier, et vous
dites :

« Serait-il vrai, comme ils l'annonçaient tous, que le
« principal intérêt de cette collection était dans son au-
« tonomie; que diviser cet harmonieux ensemble, rompre
« ce précieux faisceau, c'était nécessairement diminuer
« la valeur, non-seulement de la collection même, mais
« de chacun des objets dont elle est composée? »

Comme ce sont, à peu près, les expressions de ma
brochure, il m'est permis de croire que c'est elle que
vous avez en vue. Seulement je n'ai point employé le
mot d'*autonomie*, parce que je ne savais pas alors ce que
c'était que l'*autonomie d'un musée*, et j'ai quelque peine,
encore aujourd'hui, à m'en rendre un compte bien exact,
n'étant pas initié aux secrets des innovations académiques et n'ayant pas, comme vous, Monsieur, réservé mon
admiration officielle pour le style de M. de Laprade, dont
vous avez, si j'ai bonne mémoire, fêté la bien-venue

parmi vous. Pour le reste de la phrase, je ne fais aucune difficulté de l'avouer, et j'essaierai, si vous le permettez, de le défendre de mon mieux.

La cause que vous soutenez, Monsieur, est précisément celle du Louvre, qui, par un intérêt bien facile à comprendre, cherche à enrichir ses collections. Force lui est donc de *choisir* ce qui lui convient dans le Musée Napoléon III ; car il ne peut tout prendre, la place lui manquant déjà pour étaler ses anciennes richesses, — comme le temps pour les cataloguer.

Dans cette occurrence, il faut entreprendre de persuader au public que la collection Campana n'a ni intérêt historique, ni unité, et que c'est « pure chimère, » comme vous le dites, que d'attribuer à son ensemble une grande utilité pratique pour l'instruction des artistes, des archéologues, enfin pour l'enseignement de l'art appliqué à l'industrie.

Pour moi, je persiste toujours à croire que le public intelligent et laborieux sait mieux que personne ce qui lui convient ; or, il était bien un peu dans nos idées à cet égard. Je n'en veux pas d'autre preuve que cette adresse unanime des membres de la Société de l'Art industriel, publiée par différents journaux, et qui se termine ainsi :

« Des idées nouvelles, des procédés inconnus jusqu'à « ce jour, sont venus se révéler à nous (dans le Musée « Napoléon III). D'importants travaux ont été immédia- « tement entrepris par la plupart d'entre nous. Des mo- « dèles nouveaux se créent, des publications se prépa-

« rent : photographes, mouleurs, dessinateurs sont à
« l'œuvre. »

Il y a loin de là, comme vous voyez, Monsieur, « à
l'abandon, » à « la solitude » dont vous parlez. Je dois dire,
en passant, que vous aurez été bien mal renseigné, sur
ce point-là surtout. Vous étiez sans doute à Saint-Pétersbourg, occupé à admirer les trésors de l'Ermitage,
lorsque nos travailleurs français se pressaient dans les
galeries nationales du Musée Napoléon III.

« D'où vient, dites-vous, la défaveur presque subite,
« ou du moins l'extrême indifférence qu'a rencontrée chez
« nous l'exposition de cette galerie? D'où vient que les
« vastes salles du Palais de l'Industrie sont devenues si
« promptement désertes? Qu'après le premier flot passé,
« le nombre des visiteurs n'a plus égalé qu'à grand'peine
« celui des gardiens? etc. »

C'est bien là le langage qui avait été tenu à l'Empereur, et la conformité de vos paroles avec les Rapports
peu *officiels* qui lui avaient été faits, donnerait à croire
que vous êtes d'intelligence avec ceux qui avaient es-
sayé de le tromper. Fort heureusement pour la vérité,
des officiers de paix sont chargés de marquer chaque jour
sur leurs carnets le nombre des personnes qui visitent les
galeries, et voici le relevé, non des premiers temps, mais
des vingt derniers jours publics de l'administration de
M. Sébastien Cornu, bien longtemps, par conséquent,
« après le premier flot passé. »

Ces relevés sont consignés dans les rapports journaliers
adressés à l'administrateur, par M. Bouche, officier de

paix du huitième arrondissement de la police municipale
de Paris. J'en ai les originaux sous les yeux.

Le musée Napoléon III a reçu :

Le 5 juillet (samedi).	742 visiteurs.
Le 4 — (vendredi).	1,074 —
Le 3 — (jeudi).	1,304 —
Le 29 juin (dimanche).	3,768 —
Le 28 — (samedi).	876 —
Le 27 — (vendredi).	1,019 —
Le 26 — (jeudi).	1,371 —
Le 25 — (mercredi).	1,407 —
Le 22 — (dimanche).	5,353 —
Le 21 — (samedi).	750 —
Le 20 — (vendredi).	839 —
Le 19 — (jeudi).	1,315 —
Le 18 — (mercredi).	658 —
Le 15 — (dimanche).	5,986 —
Le 13 — (vendredi).	892 —
Le 12 — (jeudi).	1,403 —
Le 11 — (mercredi).	1,227 —
Le 8 — (dimanche).	5,425 —
Le 7 — (samedi).	853 —
Le 6 — (vendredi).	999 —
Total.	36,261 —

Cela fait un total de 36,261 visiteurs pour les vingt
derniers jours de l'ancienne administration. La moyenne
est de 1,813 pour chaque jour. Il y a donc 1,813 personnes par jour qui, longtemps après « le premier flot
passé, » ont visité le nouveau musée. Est-ce là, Monsieur,

ce que vous appelez la solitude? Est-il vrai de dire que
« le nombre des visiteurs *n'a plus égalé qu'à grand'peine*
« *le nombre des gardiens ?* » — Ou croyez-vous, dans
votre ardeur à grossir nos dépenses, qu'il y ait plus de
1,813 gardiens au Musée Napoléon III?

Je sais bien que vous pouvez répondre à cela que l'administration de M. Sébastien Cornu a cessé depuis plusieurs semaines déjà et que le nombre des visiteurs a dû
sensiblement diminuer depuis. Nous allons voir tout à
l'heure ce qui en est ; mais quand cela serait vrai, il ne
faudrait peut-être pas en rejeter la faute sur le public et
encore moins, comme vous le voudriez, sur la collection
Campana, et voici pourquoi :

La nouvelle administration, qui est celle du Louvre,
— outre l'intérêt tout naturel qui la dirige, intérêt dont
j'ai parlé plus haut et qui exige qu'on diminue quelque
peu aux yeux du public le caractère d'unité de la collection, — n'est peut-être pas tout à fait exempte d'une autre
faiblesse bien pardonnable, car elle est commune à beaucoup de gens. Pour le bien entendre, il faut se rappeler ce qui s'est passé lors de l'acquisition du Musée
Campana par la France, et c'est vous, Monsieur, qui
m'aiderez à m'expliquer sur cette matière délicate :

« Si les conservateurs des galeries du Louvre, dites-
« vous, avaient été, dès le principe, *comme on devait*
« *s'y attendre*, chargés d'acquérir et de transporter en
« France, de classer et de mettre en ordre cette annexe
« de leurs collections, etc. »

« On devait s'y attendre, » en effet, et eux plus que

personne; cependant l'Empereur en avait ordonné autrement, et, pour des motifs connus de lui seul, il a donné cette mission difficile à MM. Léon Renier et Sébastien Cornu; un savant et un artiste, étrangers l'un et l'autre à l'administration des Musées. Peut-être ne faut-il pas voir seulement dans ce choix la marque tout exceptionnelle de la confiance du Souverain; peut-être paraissait-il prudent de poursuivre à petit bruit cette négociation et de ne pas éveiller l'attention — de l'Angleterre, par exemple, — par le fracas qu'aurait pu causer à Rome l'arrivée de M. le Directeur général des Musées Impériaux, avec sa suite. Quoi qu'il en soit, on apprit un beau jour, avec quelque surprise, et surtout à Londres, que le contrat était signé. Le Louvre s'empressa alors de revendidiquer ses droits, ce qui était fort légitime, et M. le comte de Niewerkerque, en compagnie d'un de ses conservateurs, — M. de Longpérier, je crois, — se rendit à Rome afin d'y constater sans doute l'importánce de l'acquisition. Ces Messieurs déclarèrent alors hautement, devant la Commission romaine et devant d'autres témoins, ils écrivirent même à Paris, qu'ils avaient été frappés « des richesses « éblouissantes de ces séries, richesses qui dépassaient, « disaient-ils, les plus belles espérances qu'ils en avaient « pu concevoir. » Ce sont, si je ne me trompe, les expressions mêmes dont ils se servirent alors. Mais une nouvelle épreuve les attendait à Rome, ou du moins attendait le délégué de M. le comte de Niewerkerque; car, pour lui, il était revenu au plus vite. Tandis que M. de Longpérier mettait en ordre ces séries et s'occupait déjà de faire ses

choix, un papier officiel venu de Paris instituait M. Sébastien Cornu, seul, administrateur provisoire du nouveau musée. C'était comme un second échec. Il eût été
beau, sans doute, en cette occurrence, d'étouffer le mur-
mure intérieur de l'amour-propre blessé et de ne songer
qu'au bien public et à la vérité. Mais, mettez-vous à leur
place, Monsieur, qu'eussiez-vous fait, je vous prie, et
croyez-vous pouvoir leur faire un reproche de leur mécontentement et des marques légères qu'ils en ont pu
donner ? La suite de tout cela a été, en effet, que ces
Messieurs, très-involontairement, — comme vous, — se
sont accoutumés à voir — la collection qu'ils n'avaient point
été chargés d'acquérir et qui échappait à leur conserva-
tion, — d'un œil un peu moins « ébloui, » et qu'ils n'ont
commencé à goûter quelque repos que le jour où parut la
fameuse note au *Moniteur*.

Cependant cet arrêt de fermeture et de dispersion du
Musée Napoléon III n'était pas sans appel, et l'administration du Louvre n'avait que de trop justes appréhensions à
cet égard. De là, cet empressement à déménager la galerie
Charles X, — cette activité, bien inaccoutumée, — à préparer une place, à prendre des mesures, à faire, comme on
dit, la besogne avant même qu'elle fût commandée. L'Empereur, cependant, faisant droit aux réclamations du public, et mieux informé du nombre des visiteurs, dont on lui
avait réduit quelque peu le chiffre, accorda d'abord un sursis de trois mois, si bien que la fermeture ne dut plus avoir
lieu que le 1er novembre au lieu du 1er août; il voulut
ensuite que la commission, qui présidait au partage, fût

modifiée, et qu'on y introduisît M. Flandrin, votre confrère, dont les sympathies pour le Musée Napoléon III étaient bien connues. Dernièrement enfin, — votre article étant déjà sous presse, — l'Empereur est venu lui-même au Palais de l'Industrie, et a déclaré que toute décision relative à l'avenir de la collection serait suspendue jusqu'à ce que l'Académie des Beaux-Arts et l'Académie des Inscriptions et Belles-Lettres eussent été saisies de cette affaire par M. le comte de Niewerkerque lui-même, et eussent donné leur avis sur cet objet. En vain, M. le directeur-général des Musées représenta à Sa Majesté les lenteurs inséparables des délibérations académiques, allégua l'absence de M. le Ministre d'État, et se rejeta même sur l'incompétence de l'Académie des Beaux-Arts; ce qui avait été dit demeura dit; l'histoire du Musée Napoléon III entre donc désormais dans une nouvelle phase. Nous verrons ce que l'avenir lui réserve ; mais ce qui précède peut vous faire comprendre, Monsieur, que l'administration nouvelle de ce Musée, chargée de le conserver et de le défendre, ne put s'en acquitter qu'avec une certaine mollesse, et ne dut pas se donner autant d'activité pour attirer le public au Palais de l'Industrie qu'elle en mit à préparer la place au Louvre. Je ne veux qu'un seul témoignage de son peu d'empressement. Le sursis de trois mois, accordé par l'Empereur, est, si je ne me trompe, du 15 juillet; cependant les journaux n'ont cessé d'annoncer la clôture définitive et sans remise pour le 1er août, et c'est la veille de ce jour seulement que le *Moniteur* a parlé. De sorte qu'il eût été bien permis au

2

public, mal informé par cet avis donné *in extremis*, de faire un peu défaut pendant les premiers jours du mois d'août. Cependant, il n'en est rien. J'apprends que le nombre des visiteurs, depuis le 1er août jusqu'au moment où j'écris, ne présente pas une moyenne inférieure à six à huit cents personnes pour les jours ordinaires, et à deux mille cinq cents pour les dimanches.

Vous voyez donc bien, Monsieur, que vos informations sur le chiffre des visiteurs sont, — bien involontairement, je le veux croire, — fort loin de la vérité. Et ceci est grave : songez combien de gens vous liront, surtout à l'étranger. C'est vous qui leur donnerez, par ce faux rapport, occasion de triompher de nous, de se divertir à nos dépens, s'ils en avaient envie, et vous découragez, ici, ceux qui seraient tentés d'aller voir si tout le mal que vous dites de notre collection nationale est aussi vrai que cette dernière assertion. Mais revenons à l'unité, ou, si vous y tenez, à l'*autonomie* du Musée Napoléon III.

« Jamais, dites-vous, le marquis Campana n'avait eu le dessein qu'on lui prête de faire de sa galerie une sorte d'enseignement pratique et comme un cours complet de l'histoire de l'art. » Et pour le prouver, vous nous expliquez la façon dont sa collection était distribuée, partie dans son palais du Babuino, partie à sa villa du Latran, enfin, pour le plus grand nombre des objets, accumulée dans les greniers du Mont-de-piété de Rome ; et vous croyez qu'il « ignorait lui-même la plupart des objets que depuis tant d'années il entassait dans cette espèce de garde-meuble. » Vous montrez en outre que, faisant des fouilles à ses frais, il devait rencontrer souvent, avec le bon, toujours assez rare, le médiocre en abondance et même le pire. En outre, il achetait en bloc, croyez-vous, vingt pièces mauvaises pour en avoir une bonne.

« Faut-il s'étonner, ajoutez-vous enfin, qu'on n'ait « trouvé au jour de son désastre ni catalogues raisonnés, « ni inventaires bien dressés, ni rien de ce qui constitue « une collection formée avec maturité, méthode et so- « briété. »

La réponse à tout cela est simple. Le marquis Campana était surtout un très-habile connaisseur, il n'était donc pas aisé de le surprendre ; — et vous dites vous-même qu'il était *brocanteur*. Or, vous n'ignorez pas quel commerce immense se fait, et surtout se faisait, à Rome, des objets provenant des fouilles ; quel nombre de vases antiques, par exemple, se dirigeaient ainsi vers l'Angleterre, la France, voire même la Russie. J'ai encore été témoin de cet engouement dans mes quatre voyages à Rome depuis 1852. Eh bien ! ce commerce avec l'étranger confiant, peu connaisseur, mais acquéreur empressé, était un débouché très-commode pour le noble collectionneur qui poursuivait sans bruit son négoce, avec ses courtiers à lui, et s'était fait le centre occulte d'un vaste trafic d'antiquités. Je ne vois pas pourquoi il aurait gardé le rebut de ses découvertes et le trop-plein de ses marchés, pouvant en trouver une si facile défaite. Dire qu'il « ignorait « ce qu'il possédait, » c'est un mot qui prouve, Monsieur, que vous n'avez jamais été collectionneur et que vous n'auriez jamais pu l'être.

Gardez-vous de croire qu'un amateur comme le marquis Campana ait pu ignorer le nombre et l'étendue de ses richesses. Je m'empresse de vous donner d'ailleurs la preuve la moins discutable de votre erreur. C'est le contraire de ce que vous avez dit qui se trouve être la vérité : non-seulement il existe un catalogue italien de la collection, mais ce catalogue a été fait par le marquis Campana lui-même, avec le concours d'antiquaires très-connus. Or, ce catalogue in-4° est de dimensions énormes, et vous ne voudriez certes pas vous en embarrasser pour aller visiter nos galeries ou celles de l'Ermitage. Il comprend douze séries parfaitement distinctes. Tout y est mentionné, avec des notes descriptives assez étendues, et c'est dans ce catalogue, qui fourmille d'ailleurs d'erreurs et d'attributions fausses, que l'on a dû puiser cependant bien des renseignements pour rédiger ceux qui vous ont si fort et si mal à propos irrité, car on a eu soin de vous prévenir que les attributions étaient celles de l'inventaire italien.

Sans prétendre maintenant que le marquis Campana ait eu le dessein de « faire de sa galerie une sorte d'en- « seignement pratique, » ou, pour parler plus correctement, que sa galerie eût offert la matière d'un enseignement pratique, tous ceux qui l'ont connu au temps de sa prospérité savent qu'il se préoccupait fort de créer des séries historiques suivies. Il avait grande prétention à cet égard, surtout pour ses vases et pour ses terres cuites.

Personne n'ignore à Rome qu'il lui arrivait de refuser souvent un objet d'art d'un certain mérite, mais dont il possédait l'équivalent historique, pour chercher à combler une lacune parmi ces séries archaïques si précieuses et qui ne vous inspirent que du mépris. Il dit encore aujourd'hui, à qui veut l'entendre, que son intention a toujours été de faire « un musée historique universel ».

D'ailleurs, qu'il l'ait voulu ou non, il suffit de parcourir, au Musée Napoléon III, la série des vases, par exemple, depuis les primitifs essais de l'Étrurie, depuis ces produits d'un archaïsme si bizarre, jusqu'aux amphores de Cære et de Vulci; de visiter ensuite les salles consacrées aux époques plus récentes de l'art étrusque, puis d'examiner les vases grecs, et enfin de jeter un coup d'œil rapide sur ces formes altérées des âges moins anciens, pour se convaincre du but que s'est proposé le marquis Campana. Il est manifeste. Eût-il jamais conservé ces derniers produits, dont le dessin est si rapide et la peinture si négligée, s'il n'eût voulu présenter une suite non interrompue de spécimens servant à l'histoire des procédés, de l'emploi des pâtes, des vernis, de l'art du dessin et de la couleur; débutant par les tâtonnements les plus excentriques, passant par les formes usuelles et raisonnables, arrivant à l'art dans ce qu'il a de plus achevé, et tombant enfin dans les défauts d'une industrie bâtarde et dégénérée?

Tout homme non prévenu, tout visiteur de bonne foi, sera frappé de cette vérité, et, pour peu qu'il ait l'antiquité en recommandation, il sera attiré par le côté tout original d'une pareille collection. C'est visiblement la même préoccupation qui a dirigé le marquis Campana dans l'acquisition de ses bronzes, de ses bijoux, de ses

faïences et de ses tableaux; comme nous le montrerons
bientôt; mais, pour le comprendre, il faut se dépouiller
de nos vieilles habitudes et de ces principes absolus qui
veulent qu'un musée ne soit jamais autre chose qu'un
choix artistique et non une collection propre à l'étude.
Nous croyons que le Musée Napoléon III est et devra
rester un *choix historique*, un champ d'informations pour
l'archéologue et le savant, aussi bien que pour l'artiste.
Vous trouvez tous ces grossiers essais, voire même ces
vases dits de Corinthe, sans agrément; vous refusez de
vous nourrir de glands depuis qu'on a trouvé l'art de
faire le pain; je le comprends. Mais, sans prétendre avec
vous qu'une collection de vases antiques puisse jamais
être « populaire; » je crois qu'il est fort intéressant, par
exemple, de pouvoir consulter ces peintures naïves ra-
contant les événements de la guerre de Troie au temps
même où Homère les chantait; d'y lire les noms de ses
héros écrits en grec primitif, avec les caractères dont il
aurait pu se servir lui-même. Pourquoi méprisez-vous
cela, Monsieur? N'aimez-vous plus ce qui nous parle
d'Homère et d'Hérodote, comme au bel âge de votre vie
où vous appreniez à les lire à l'École Normale? Laissez-
nous du moins entretenir nos élèves, vos successeurs,
dans le culte de ces souvenirs. Ils ont déjà profité de
l'instruction que leur offrait ce merveilleux ensemble;
ils en ont compris l'ordre et l'unité; ils y ont suivi sans
peine la légende troyenne en ses développements historiques; et ils ne demandent pas mieux que d'y chercher
avec nous plus d'un commentaire intéressant de leurs

auteurs classiques. C'est donc après l'expérience faite
que je réponds à vos décourageantes négations. Le mépris
est stérile, disait un de vos regrettés confrères. N'en est-
il pas de même de votre dédain? Je persiste donc à
croire que tel est l'intérêt, l'utilité et la nouveauté du
Musée Napoléon III, et si vous croyez que c'est une con-
solation que nous cherchons, vous vous trompez étrange-
ment, Monsieur. Nous ne voulons point être consolés;
car il n'y a de désolés ici que ceux qui déplorent avec
vous que le Musée Campana n'ait pas été acheté par la
France au temps « de ces habitudes mesquines et bour-
geoises » que vous regrettez pour de si bonnes raisons.
Permettez-moi de dire ici toute ma pensée. Je crois que
la même acquisition, si elle eût pu être faite alors, eût
trouvé de votre part, et sans que vous vous en rendiez
compte à vous-même, un tout autre accueil; que les
vases, les faïences, les tableaux, voire même les antiquités, quoique plus jeunes de quinze ans, eussent eu
une tout autre valeur. N'admirez-vous pas avec moi quel
changement quinze années auraient pu apporter aux acquisitions de la Russie et à celles de la France? Mais ce
que n'auraient peut-être pas fait alors ceux qui ne pensaient pas comme vous, c'eût été d'écrire cette phrase :

« D'où vient surtout qu'à l'étranger, à Londres, à
« Berlin, les hommes du métier ont mis si peu de charité,
« nous dirions presque tant d'aigreur, à divulguer les
« côtés vulnérables de notre acquisition ? »

Je cherche, quant à moi, dans les pays étrangers la
preuve de ce concert de dérisions et de dénigrement

dont vous vous faites l'écho empressé chez nous; j'avoue
qu'ici mes informations sont bien incomplètes, comme les
vôtres étaient inexactes tout à l'heure. Mais cependant,
si nous devons nous borner à consulter des « hommes du
métier, » je crois que vous ne récuserez pas les témoignages qui se sont offerts d'eux-mêmes, sans que j'aie
été les chercher jusqu'à Berlin ou jusqu'à Saint-Pétersbourg.

Je sais, par exemple, quelle est l'admiration de
M. Klenze, l'architecte du roi de Bavière, et celle de l'archéologue Urlich, pour le Musée Napoléon III. Elle est
complète, sans réserve. On a entendu M. Urlich, — et ceci
est grave pour vous, Monsieur, — accuser notre manque de patriotisme, en nous reprochant amèrement de ne
pas priser assez haut les richesses que l'heureuse négociation des Commissaires français a mises en notre pos-
session.

Un témoignage que nous pouvons citer avec un bien
légitime orgueil, c'est celui de l'illustre Waagen, directeur général du Musée de Berlin, et qui a été chargé par
le Czar d'organiser précisément le Musée de Saint-Pétersbourg. J'espère qu'il ne vous sera pas suspect et que c'est
bien un « homme du métier : » ne trouvez-vous pas qu'il
est piquant d'opposer son jugement au vôtre? Eh bien ! il
est sorti émerveillé de ce qu'il a vu au Musée Napoléon III.
Vous pouvez le consulter : je ne crains pas qu'il désa-
voue mes paroles. Mais ce qui vous étonnera le plus,
c'est que ce savant connaisseur en œuvres d'art, est surtout grand admirateur de la série des tableaux que vous

jugez si sévèrement et que vous condamnez au rebut d'un ton si tranchant et si absolu.

Je puis vous citer encore l'autorité de M. Thomsen, directeur du Musée Royal de Copenhague, qui disait, pour rappeler ses propres paroles, qu'à ses yeux, « cette acquisition de l'Empereur équivalait au bénéfice de plusieurs campagnes. »

A ces noms, je dois ajouter celui de M. Brunn, le savant céramographe de l'Institut archéologique de Rome. Mais avant de quitter l'Allemagne, je veux vous citer le témoignage écrit de M. le Dr Henzen, le savant secrétaire de ce même institut :

« Quant à moi, disait-il, je ne doute pas que le profit « qui résultera de l'acquisition du Musée Campana pour « l'industrie, ne soit bien grand ; mais je pense qu'il en « ressortira un avantage beaucoup plus grand encore pour « la science. Si, au lieu de séparer les sections du Musée, « on voulait y incorporer, au contraire, tout ce qu'il y a « déjà à Paris d'objets d'art étrusque ou italique, on pour- « rait former une collection unique par la richesse et la « curiosité des objets qui en feraient partie, et unique par « le but scientifique d'y rassembler tout ce qui se rapporte « à l'art de l'Italie. Et, en effet, où trouvera-t-on cette sé- « rie magnifique de vases archaïques de Cœre, ces sarco- « phages étrusques de pierre ou de terre cuite, cette im- « mense quantité de bijoux, cette nombreuse collection de « cistes, et surtout cette série admirable de terres cuites « étrusques, ardéatines et romaines? Toute l'histoire de

« l'art italique ne serait-elle pas représentée dans ce Mu-
« sée comme dans nul autre?... J'espère bien que les
« grandes intentions avec lesquelles S. M. l'Empereur a
« commencé cette entreprise si belle, et le bon sens du
« public, triompheront encore des petitesses et des riva-
« lités de ses détracteurs. Nous autres, nous nous étions
« consolés de nous voir ôter le Musée Campana à Rome,
« où était sa véritable place, parce que nous avions cru
« qu'à Paris il formerait un grand centre pour les études
« archéologiques, et y serait en même temps plus à la
« portée des savants des autres pays ; mais, s'il doit être
« éparpillé d'une manière aussi douloureuse, il ne reste
« que d'en plaindre le triste sort. »

            « Rome, 12 août 1862. » (Lettre portant le n° 370.)

Ce jugement d'un étranger aussi éclairé et aussi impartial a de quoi vous donner à réfléchir; il est quelque
peu différent du vôtre, et ne trouvez-vous pas, Monsieur,
qu'en présence de pareils témoignages, un Français, un
membre de l'Institut, qui tient depuis longues années
dans la Revue la plus répandue et la plus autorisée du
monde, une des places les plus honorables de la critique en
matière d'art, a quelque mauvaise grâce à décrier notre
acquisition nationale ?

Si je quitte l'Allemagne pour l'Italie, j'y rencontre ces
mêmes hommages rendus à notre Musée, fortifiés encore,
si je puis parler ainsi, par les amers regrets de l'avoir vu
partir pour la France. On peut interroger sans crainte
M. Tenerani, le grand sculpteur romain, le commandeur

Pietro Ercole Visconti, commissaire des antiquités; et M. le chevalier de Rossi, aujourd'hui à Paris, et auquel vous pouvez demander son sentiment. Ils savent bien quelle est l'étendue de leur perte, et, si vous ne pouvez vous consoler du prélèvement de la Russie, ils se consolent encore bien moins de l'acquisition de la France. Ils ont pourtant le Vatican et le Capitole pour calmer ces regrets; mais ils disent que rien ne saurait suppléer au caractère historique tout exceptionnel de la collection Campana.

Il me reste à parler de l'Angleterre, et, pour ce pays, je suis encore mieux instruit de ce qui s'y passe, car j'en arrive. Le savant M. Newton, l'ancien consul anglais à Rome, professe une estime singulière pour notre collection et il n'est guère suspect; car M. Castellani, qui était à Londres en même temps que moi, pourra vous dire que les Anglais, bien loin de se divertir à nos dépens, comme vous le croyez, seraient plutôt tentés de chercher querelle à leur agent de n'avoir pas acquis à tout prix les richesses qui font l'objet de leur convoitise. Vous ne récuserez pas non plus, je pense, l'opinion de M. Layard. Cet honorable savant ne passe pas pour un grand ami de la France, ni de son gouvernement. — Vous voyez, Monsieur, que je choisis mes autorités tout à souhait pour vous. — Ce qui a frappé le célèbre voyageur en visitant le Musée Napoléon III, c'est précisément ce que vous n'y avez pas vu: l'unité; l'intérêt artistique et historique à la fois, formant l'ensemble le plus complet qu'il eût encore vu en ce genre.

Faut-il parler enfin de ces objets du South-Kensington,

que vous vantez avec un air de triomphe assez mal dé-
guisé :

« Nous en avons fini avec les Russes, dites-vous. Il y
« a bien encore les Anglais qui, eux aussi, prétendent
« s'être mis à table avant nous et avoir dégusté quelques
« prémisses du festin. C'est le conservateur du musée de
« South-Kensington qui a mis récemment en lumière ce
« trait d'habileté britannique. En publiant le catalogue des
« richesses confiées à sa garde, il s'est permis à notre
« adresse une préface tant soit peu railleuse, où il se
« vante d'avoir acquis du marquis Campana la plupart des
« sculptures italiennes des quinzième et seizième siècles
« qui ornent le musée anglais. »

Ces œuvres si vantées, je les ai vues; il y en a de
belles assurément, et j'en parlerai bientôt; mais je ne
veux ici m'occuper que de leur provenance. Or, au lieu
de recueillir vos renseignements dans les catalogues anglais, il vous était plus facile peut-être de les demander
au conservateur des galeries françaises et aux commissaires romains. Ils vous eussent édifié pleinement sur ces
chefs-d'œuvre, sur ces merveilles, sur ces perles, que
certainement vous n'avez pas vues, mais dont on sent
bien que vous parlez sur la foi du livret britannique.

Or, l'histoire en est curieuse et la voici :

Le marquis Campana n'était pas, comme vous savez,
le seul collectionneur de Rome. Parmi ceux qui ont plus
particulièrement recherché les œuvres de la renaissance,
est un certain M. Gigli qui, ayant quelque besoin d'ar-
gent, avait déposé un nombre respectable d'objets d'art

au mont-de-piété de Rome. Comme l'espace y manquait et que la collection Campana avait envahi toutes les salles, consultant d'ailleurs la conformité des objets nouvellement engagés avec le vaste dépôt déjà existant, on les y avait placés en les en distinguant toutefois avec soin pour sauvegarder les droits de leur propriétaire. C'est là que M. Robinson les a trouvés; c'est à M. Gigli qu'il les a payés, et ce marché ne saurait avoir rien de commun, comme vous voyez, avec celui de la Russie et de la France. Il ne faudrait pourtant pas prendre le parti de reprocher au commissaire français d'avoir laissé échapper tous les objets d'art qui ont pu se vendre à Rome. Une fois engagé dans cette voie, je m'étonne que vous ne leur ayez pas fait un crime d'avoir permis à la Russie d'acquérir pour 50,000 francs seulement la *Vénus de la porte Portèse,* — tant il est vrai que tous les bons marchés sont pour elle! — Pourquoi ne pas leur demander compte enfin d'avoir laissé vendre au duc d'Aumale, par M. Reiset, conservateur du Louvre, et pour le prix de 225,000 francs, son admirable collection de dessins qui comptait plus de vingt Raphaël?

Or, qu'est-il advenu depuis lors de la collection Gigli? Les Anglais, entendant le bruit que faisait dans le monde le musée Campana, estimèrent — et, en cela, ils pensaient bien différemment de vous, Monsieur, — qu'ils rehausseraient la valeur de leur acquisition en lui attribuant cette illustre origine. Leurs statues n'avaient point de titre de noblesse et sortaient d'une collection plébéienne et obscure. Ils crurent que le droit d'asile qui leur avait été momentanément donné parmi les statues de bonne maison, suffisait pour les anoblir, et on les décora d'abord, pour en marquer la provenance, du double nom de Gigli-Campana.

N'admirez-vous pas cet artifice de parvenu? Bientôt le premier nom disparut et fut sans doute remplacé par une initiale, ainsi qu'on en use chez nous sur les cartes de visite quand on veut s'enfler dans notre monde rempli de vanité ; puis enfin il ne resta plus que le nom de *Campana* tout seul, et c'est sous ce titre que ces œuvres se présentèrent à l'auteur du Catalogue anglais.

Voilà, Monsieur, ce que vous eussiez appris à Paris, et surtout à Rome ; car l'histoire y est très-connue de tous le monde. Cette leçon valait peut-être le voyage, car elle vous eût épargné d'applaudir dans une Revue française, imprimée à Paris, « à ce trait d'habileté britannique ». J'ajouterai, puisqu'il s'agit de la collection Gigli, que les circonstances ont fait que la France a *prélevé* sur cette collection comme le commissaire russe sur celle de Campana ; car je suis aise de vous apprendre, Monsieur, que cinq objets importants du Musée Napoléon III en proviennent, et notamment la Vierge de Rosellino, estimée 9,000 écus romains (soit 45,000 fr.), et dont vous ne parlez pas. Ainsi, ce ne sont pas les Anglais qui ont fait brèche à la collection Campana, mais les Français qui ont fait brèche à la collection Gigli.

Voilà, Monsieur, ce que j'ai recueilli des impressions de l'étranger sur le Musée Napoléon III. Je regrette que mes renseignements diffèrent autant des vôtres; mais vous remarquerez que je cite les noms, les sources et même les témoignages écrits. Je n'ai rien vu de semblable dans votre article. On serait bien aise de connaître cependant les noms de « *ces hommes du métier* » qui, en Allemagne, par exemple, « ont mis tant *d'aigreur* à di-« vulguer les *côtés vulnérables* de notre acquisition, » côtés que n'a point vus M. Vaagen, — pour ne rappeler que son nom, — directeur général du Musée de Berlin et ordonnateur de celui de Saint-Pétersbourg.

Si les feuilles de troisième ordre qui s'impriment à Londres ou à Berlin, disent du mal du Musée Napoléon III, je ne crois donc pas qu'il faille s'en prendre, comme vous le dites, « au zèle des *prôneurs* officiels et au ton provoca-« teur de leurs panégyriques. » Corrigeons, s'il vous plaît, cette façon de parler, et disons plutôt qu'il faut s'en prendre au dénigrement des critiques jadis *officiels* et à l'amertume de leur mécontentement contre tout ce qu'ils n'ont pas fait de bien et d'utile en leur temps.

Je doute fort, Monsieur, qu'après le préambule de votre article, MM. Sébastien Cornu, Clément et Saglio soient fort sensibles à vos éloges; car ils aiment et admirent sincèrement la collection qu'ils ont classée, et ne croient pas que les louanges qui leur sont adressées soient capables de leur faire sacrifier les intérêts immuables de l'art à je ne sais quelle satisfaction de ce même sentiment personnel qui produit les rancunes et l'aveuglement de ceux qui les flattent.

« Tout ce que l'exactitude, dites-vous, l'esprit d'ordre, « le goût, la bonne entente pouvaient tenter pour sauver « le *vice radical* de cette exposition, ils *l'ont bravement* « mis en œuvre. »

On croirait vraiment qu'il s'agit, à vous entendre, de quelque désastre, d'une véritable déroute, et ce n'est pas autrement que Montesquieu parle de la défaite d'Hannibal à Zama (1).

Toujours convaincu que vous servez les intérêts de la collection Campana en en disant beaucoup de mal, vous en arrivez, Monsieur, à nous révéler d'autres vérités, « toutes les vérités, » en nous reprochant d'en « avoir « fait mystère. » On va voir bientôt ce que vous entendez par ces vérités ; quant au mystère, le voici ; c'est que la Russie avait fait un riche prélèvement avant nous. « Il « fallait, ajoutez-vous, dire franchement ce que nous « n'avions pas. »

Or, ce n'était guère un mystère pour personne que le prélèvement des Russes, et ceux qui écrivaient, comme moi, de bien modestes articles pour faire connaître au public ce qu'il y avait dans le Musée Napoléon III, ne devaient pas se croire obligés de dire tout ce qui ne s'y trouvait pas ; car cela n'eût été, — remarquez-le,—d'aucune utilité pour le très-grand nombre des visiteurs qui, voyageant moins aisément que vous, Monsieur, ne peuvent se servir du même feuilleton pour les galeries de Paris et celles de Saint-Pétersbourg. D'ailleurs, j'avais comme une sorte de pressentiment que d'autres critiques plus officieux s'en acquitteraient toujours assez tôt, et il paraît bien que je n'ai pas été trompé ; car si mon

(1) « Tout ce que peut faire un grand homme d'État et un grand capitaine, Hannibal le fit pour sauver sa patrie, etc. » (*Grandeur et Décadence des Romains*, ch. V.

humble notice peut guider le visiteur dans une première promenade au Palais de l'Exposition de Paris, votre article peut lui servir de catalogue détaillé pour l'Ermitage de Saint-Pétersbourg. Je mets en fait que le livret
officiel des Russes ne saurait trouver rien de plus fort
que votre écrit pour satisfaire l'orgueil moscovite et qu'il
consacre moins de place, par exemple, et adresse un
panégyrique moins emphatique au *fameux* vase de Cumes. (Cette fois, le mot *fameux* est bien à sa place, je
pense, et je reconnais volontiers que j'ai eu tort de l'ap-
pliquer à la jolie coupe dorée de Paris.)

Or, après avoir cité, sur ce monument, le passage de
Raoul Rochette, qui dit que « ce vase est unique au
monde », que c'est « le monument le plus célèbre de la
« céramique grecque, » que « c'est une merveille à la-
« quelle il ne connaît rien de comparable, » vous croyez
qu'il y a lieu d'enchérir encore sur ces exclamations, et ce
vase devient, sous votre plume, une sorte de phénomène.
Vous le représentez « avec vingt-trois autres vases qui lui
font cortége. » Il est semblable à « un *monarque* dans sa
« cour. » — « Pour le décrire, ce *roi des vases*, ajoutez-
vous, les paroles que nous avons citées, quelque vives et
presque hyperboliques qu'elles puissent paraître, n'en
sont pas moins encore tout à fait impuissantes. » Cependant je ne vois pas, pour moi, ce qu'on peut dire de plus, et
l'hyperbole devenant impuissante, il sera permis de parler de tout le reste, peut-être, mais il faut renoncer à
parler désormais de ce vase-là. Il n'y a plus qu'à en faire
un Dieu comme de la cuvette d'or du roi Amasis. Jamais

3

la divinité de l'Empereur à Rome n'a été l'objet d'un culte aussi enthousiaste. Ainsi, aujourd'hui que les souverains n'ont plus de courtisans, il faut que les vases aient leurs flatteurs, mais pour cela, il leur faut une fortune toute contraire à celle des rois. Pour qu'on leur consacre trois pages de louanges « hyperboliques » et « impuissantes », il ne faut pas qu'ils soient en France. Il faut qu'ils soient en exil sur une terre lointaine, et surtout étrangère.

Passons maintenant à l'examen des séries.

II

Mais voyons d'abord ce qu'on dit à Londres et à Berlin, ou plutôt voyons ce que vous en dites ; car nous venons de voir que tout le monde n'est pas de votre avis dans ces pays-là, et que les « gens du métier » surtout, comme vous les appelez, se gardent bien d'en être :

« 1° La collection n'est pas complète : les pièces ca-« pitales en ont été distraites. Nous n'avons pas le pre-« mier choix, la véritable fleur de certaines séries.

« 2° Fût-elle en son entier, le prix que nous l'avons « payée dépasserait encore de beaucoup sa vraie valeur. »

Vous commencez par examiner, en passant, la seconde question, et, sous couleur de prendre la défense de l'acquisition, vous concluez ainsi, en donnant raison à ceux qui sont censés la blâmer : « Un Musée de plus, » dites-vous, « même *un peu grassement payé*, c'est un beau « luxe pour un peuple. »

Je vous répondrai, Monsieur, par un fait connu de tout le monde à Rome, et, à ce qu'il paraît, ignoré de vous, comme l'histoire des marbres du Kensington.

Une société s'était formée pour acheter, au commencement de l'année passée, le Musée Campana, et elle en offrait, *même après l'acquisition de la Russie,* cinq millions, à la charge d'acquitter en sus 25 pour 100 de droit d'exportation, ce qui donnait le chiffre de 6,250,000 francs.

Or, la France a acquis ces mêmes objets pour 4,560,440 francs, avec dispense de tout droit d'exportation.

Les commissaires français les ont donc payés 1,889,560 francs de moins que cette société n'en offrait, dans le but de bénéficier sur la vente aux enchères qu'elle comptait faire de la collection en pays étrangers.

Ces chiffres me semblent parler d'eux-mêmes.

Quant au prix que l'on en demandait avant le prélèvement de la Russie, il excédait de beaucoup 5 millions. M. Ravaisson peut témoigner qu'on ne parlait pas de moins de 7 millions à l'époque qui a suivi la débâcle de Campana.

Mais il est un autre fait que vous ne pouvez ignorer, et qu'il eût été peut-être loyal de citer en parlant de la Russie et « des bons yeux » de ses commissaires. Le voici :

Ce n'est pas, comme vous le donnez à entendre, sur l'ensemble de la collection que M. Guédéonoff a eu à faire son choix. Le gouvernement pontifical, qui n'a pas de mauvais yeux non plus, avait fait une forte réserve à laquelle le commissaire russe n'a pu toucher et qu'il n'a pas même connue. Cette réserve tout entière est comprise dans le lot de la France.

En somme, sur les douze séries qui composaient le Musée Campana dans son intégrité, il y en a sept qui sont restées entièrement vierges de tout prélèvement. Une huitième, celle des bijoux, dans laquelle la Russie n'a pris qu'un camée et un anneau, vous n'avez eu garde de l'oublier, et, d'après M. Castellani, qui a monté ce camée, il est moderne et ne date que de cinquante ans environ. Une neuvième enfin, celle des tableaux, où elle n'a pris que les huit fresques si témérairement attribuées à Raphaël, vous le reconnaissez vous-même, malgré votre générosité bien connue à l'égard du grand peintre d'Urbino, générosité qui va jusqu'à lui donner le *Cenacolo* de Florence avec une persistance dont votre isolement ne s'alarme ni ne se décourage.

Restent donc trois séries sur douze : celles des vases, des bronzes et des marbres antiques, où les Russes ont fait, tout le monde le sait, des brèches très-importantes, quoique fort exagérées par eux et surtout par vous.

Quant aux yeux de la Russie, où trouvez-vous qu'elle en ait eu de si « bons, » lorsque vous êtes contraint d'avouer le mérite éclatant du torse de marbre pentélique, du Bacchus et de la Vénus qu'ils ont laissé échapper.

Vous pourriez ajouter aux statues qui doivent trouver grâce aux yeux les plus défavorablement prévenus : le *Brutus*, l'*Ælius Verus*, la *Livie*, l'*Antonia*, l'*Hercule*, le *Sylla*, pour sa rareté, le beau buste d'Auguste, le torse d'Alexandre, le buste de Virgile, etc.

Après avoir accordé l'éloge avec une excessive parcimonie, à quelques-uns seulement de ces rares morceaux qui attirent tous les regards, vous ajoutez qu'il y a « deux « ou trois grandes salles *entièrement* garnies d'œuvres du « plus bas temps et du plus lourd travail. Ce ne sont pas « même, dites-vous, des fragments de franche déca- « dence, des jalons archéologiques utiles à consulter ; « c'est pis que la barbarie, c'est le produit inerte d'une « civilisation endormie, hébétée, le dernier mot de la « Rome impériale. »

Je vois bien, Monsieur, que l'horreur instinctive que vous aviez pour ces salles était si forte, qu'elle ne vous a pas même permis de les compter. — Car il n'y en a pas trois, mais deux seulement. Mais c'est bien à tort que vous vous plaignez d'avoir été contraint de contempler ces statues et de « passer cette triste revue. » Si vous l'eussiez fait, vous vous seriez convaincu que parmi ces objets barbares se trouvait une naïade, sœur cadette de celle de la Russie ; vous y auriez trouvé un Hylas du plus fin travail, un buste intéressant de Scipion, un Galba très-vivant, qui nous rend bien ce prince « *magis* « *extra vitia quam cum virtutibus*, » dont parle Tacite ; un Sénèque et un César qui, malgré la maladresse de la restauration, ont des qualités très-remarquées des artistes. Un torse d'Agrippa, d'un très-beau travail, mais qui vous aura sans doute fait fuir parce qu'on lui a donné des jambes d'emprunt qui ne lui siéent pas trop bien, il faut en convenir; et bien d'autres morceaux qui n'étaient pas aussi indignes que vous le dites de fixer votre attention.

Mais pour voir tout cela, il faut un peu le chercher, j'en demeure d'accord. Il fallait emprunter les yeux clairvoyants et le tact exercé de votre confrère, M. Ravaisson, par exemple. Il n'est point sculpteur, mais il connaît la sculpture et ne s'y est pas trompé. Il a vu, je vous l'assure, dans ces salles, autre chose que « le *produit inerte « d'une civilisation hébétée.* »

Il faut bien cependant reconnaître qu'il y a grand nombre d'œuvres médiocres, et nous ne songeons ni à tout admirer, ni à vouloir que, dans la série des sculptures, par exemple, on conserve tout. Il y en a sans doute qui n'ont aucune utilité ni aucun agrément et qui peuvent être retranchées sans que l'unité et l'intérêt historique de la collection en souffrent le moins du monde. Mais l'exposition actuelle ne devait pas être définitive dans toutes ses parties. C'était même quelque chose de plus qu'une exposition, c'était aussi la justification de la somme employée et du nombre d'objets livrés. Mais nous préférons cent fois cette surabondance à la mutilation qu'on projetait, car elle implique, je le répète, une contradiction manifeste avec le caractère réel et l'intérêt principal de la collection.

Vous passez ensuite aux objets de bronze, et vous dé-

plorez avec raison de ne pas tout avoir. Si c'est pour arriver à cette conclusion que vous vous lamentez, elle n'a
rien que de juste et de raisonnable; mais vous avez si
peur de trouver la Russie en défaut, que vous appréhen-
dez qu'on puisse lui reprocher d'avoir laissé échapper
les cistes de bronze. Rassurez-vous tout à fait, Monsieur,
elles n'ont jamais fait partie, sauf une, du Musée Campana, et ont été acquises à part.

Mais voici que les *Annales de l'Institut archéologique
de Rome* m'apportent une réponse dont, je l'avoue, je
ne me serais pas avisé; elle est relative à la grande ciste
de Palestrine :

« Nous n'allons pas jusqu'à prétendre, dites-vous,
« comme le veut la *Notice*, que la plus grande (de ces
« cistes) soit pour le moins égale à cette autre célèbre
« ciste que possède le Collegio romano, » suit naturelle-
ment l'éloge de cette ciste incomparable que nous n'avons
pas. Je doute, Monsieur, que vous ayez eu sous les yeux,
comme moi, les dessins de l'une et de l'autre. En tous cas,
si vous y trouvez de si grandes différences, M. Brunn,
qui est, comme vous savez, fort compétent sur la matière,
n'en voit guère, lui ; car il démontre dans son article que
ces deux monuments sont du même temps et ciselés par
le même artiste. Il donne même la préférence au dessin
qui forme l'enroulement supérieur sur la ciste de Paris.
Quant aux statuettes de bronze qui surmontent l'une et
l'autre, il n'est pas besoin de M. Brunn pour reconnaître
que celles du musée Napoléon III sont fort supérieures à
celles du Collège romain. Mais l'une et l'autre sont sur-

tout curieuses pour l'archéologue, et leur dessin, que vous
semblez admirer sans réserve, ne manque pas d'incorrec-
tions assez visibles ; mais où trouverez-vous un dessin
plus fin, plus pur et plus hardi, par exemple, que dans
la ciste du Prométhée dont vous ne dites rien, non plus
que des deux cistes rondes, de la statuette de Vénus, très-
beau travail romain, et de la curieuse Astarté archaïque,
prisée si haut par les artistes et par M. Gleyre entre autres.

Vous reprenez vos lamentations en vous écriant :
« Nous ne pouvons ressusciter les morts ! la lacune est
« réelle, etc. Eh bien ! poursuivez-vous, ce que nous
« disons des bronzes est, à tout prendre, peu de chose au-
« près de cette autre lacune qu'il nous faut signaler dans
« les vases. C'est ici que commencent nos plus grandes
« douleurs. »

Je suis heureux, Monsieur, d'avoir encore de quoi les
adoucir sinon les calmer tout à fait. J'ai l'espoir que vous
recevrez quelque soulagement de la pensée que l'Empereur et les commissaires qu'il avait choisis, n'ont pas été
aussi malheureux que vous le craigniez.

Il est bien vrai que la Russie nous a privés, et des grands
vases de Ruvo, qui sont bien « grands », en effet, mais
qui, pour les artistes et pour les archéologues, n'ont qu'un
mérite assez secondaire, et de ce vase de Cumes pour la
perte duquel ma voix, comme la vôtre, manque de termes.
C'est, assurément, un objet d'art de grand prix ; mais je
crois que notre collection peut s'en passer sans trop souf-
frir dans son unité historique et dans son intérêt archéologique.

Vous le pensez aussi, je m'assure, car vous n'ignorez pas quel vaste ensemble chronologique offrent nos 4,500 vases pour l'étude suivie de la symbolique et de l'art. Vous ne pouvez oublier, en effet, qu'un très-grand nombre d'entre eux a déjà été l'objet de travaux lumineux dans les revues savantes et surtout dans les *Annales de l'Institut de Rome*. J'en ai fait le relevé pour ce dernier recueil et je trouve que plus de soixante ont fourni le thème à des articles signés de noms bien connus : ceux de Welcker, Gerhard, de Witte, Brunn, Roulez, Michaelis, Overbeck, Preller, Em. Braun, Petersen, Wieseler, Conze, Schmidt, Otto Jahn. Un bien plus grand nombre, dont l'intérêt n'est pas moindre, est encore inédit. Quelle mine de richesses pour la mythologie et l'intelligence des poëtes !

Vous n'avez pu méconnaître tout à fait l'importance scientifique d'une pareille collection, aussi vous empressez-vous de déclarer que ce n'est pas la science qui vous touche le plus et que, pour vous, la céramique est destinée principalement à satisfaire l'artiste, mieux que cela, le public, tout le public, c'est-à-dire les curieux et les ignorants.

« Une collection de vases doit devenir d'autant plus po-« *pulaire*, dites-vous, que l'art, abstraction faite de la « science, y brille d'un plus grand éclat. »

Je ne sais pas, Monsieur, si vous connaissez des collections de vases qui soient *populaires* : pour moi, j'ai vu le Vatican, le Borbonico, le Louvre, le British Museum, sans parler des grandes collections privées, et je vous avoue que je n'ai jamais vu le peuple, la foule, se presser devant

ces énigmes précieuses qui réservent leurs secrets à un
petit nombre de savants. Soutenir qu'un musée de céramique n'est pas, avant tout, une collection scientifique, c'est
soutenir une proposition d'une étrange nouveauté, et qui
pourrait bien divertir les « hommes du métier, » que vous
appeliez tout à l'heure en témoignage.

J'aurai à vous demander, Monsieur, comment vous ap-
précieriez une collection de médailles antiques. Serait-ce
aussi le mérite artistique qui vous attirerait exclusivement? Mais alors vous jetteriez à la borne toutes les pièces qui s'écartent des deux premiers siècles, sans tenir
aucun compte de la foule de renseignements historiques
qu'elles nous offrent. Eh bien ! il en est un peu de même
des vases, quoique la part de l'artiste y soit plus grande.
Ce ne sont pas toujours les mieux faits qui sont les plus
précieux. Et M. de Witte vous dira que la pièce la plus
importante de notre galerie, avec les vases dits de Corinthe, est celle qui représente, dans un dessin archaïque
et maladroit, la lutte d'Hercule et d'Antée.

Puisque vous ne repoussez pas le témoignage de M. de
Witte, auquel vous accordez quelque autorité, j'aurais
voulu que vous l'eussiez entendu, — avant la publication
de la note du *Moniteur*, — s'exprimer sur le mérite unique, incomparable, sur la richesse de cette collection ;
je voudrais qu'il vous eût été donné de visiter avec lui,
en compagnie de M. Noël des Vergers, — bonne fortune
qui m'a été accordée, — ces galeries si froides et si insi-
gnifiantes pour vous. Vous auriez compris sans doute
l'enchaînement qui vous échappe, vous auriez pu tem-

pérer vos regrets pas l'intérêt de ses enseignements. A moins que M. le baron de Witte n'ait changé de sentiment depuis, ce qui ne paraît pas probable ; c'est ce qu'il pense de ce rebut de la Russie.

En vous plaçant dans cette voie fausse, qui consiste à isoler dans une collection de vases quelques spécimens d'une beauté artistique exceptionnelle, vous commencez ce dithyrambe sur le vase de Cumes dont j'ai parlé plus haut.

Mais ce qui me remplit d'étonnement, c'est qu'après les éloges excessifs que nous connaissons, pour ce chef-d'œuvre absent, vous ne trouviez qu'un mot assez froid à dire du tombeau Lydien, « œuvre étrange, à la fois « raffinée et barbare, et d'un type oriental tellement pro- « noncé, etc. » Est-ce donc ainsi qu'il fallait parler de cette révélation unique, si précieuse pour l'histoire, et qui, elle non plus, n'a son égale nulle part ?

Citation indûment tronquée.

Espérons, Monsieur, que si votre article peut en imposer aux personnes qui sont loin de Paris, il ne saurait surprendre la bonne foi d'aucun de ceux qui peuvent visiter les galeries Napoléon III.

C'est ici que vous en venez à parler du Musée de la Renaissance et des acquisitions du Kensington, dont la provenance nous est maintenant connue. Ces œuvres, dont beaucoup sont fort remarquables, en effet, sont d'origines très-diverses, car ils n'ont qu'une trentaine de pièces de la collection Gigli. Fidèle à votre procédé favori, avec quelle admiration intempérante ne parlez-vous pas de cet Amour qui nous manque, mais qui ne sort point du

dépôt Campana, et avec quel dédain traitez-vous le bas-
relief que nous avons « attribué, dites-vous, avec quel-
« que apparence de raison, à Michel-Ange. » Et de qui
donc serait-il, s'il vous plaît? Les deux autres petits
bas-reliefs, où se reconnaissent, pour tout œil exercé, le
faire de Ghiberti et celui de Luca della Robbia, ils sont
pour vous « d'une main inconnue, » tandis que vous
« remplissez le Kensington des marbres de ce même Ghi-
« berti, de Donatello et d'autres maîtres de cet ordre. »
A dire vrai, Michel-Ange étant nommé, je me demande
quels sont les autres maîtres de l'ordre de Donatello et
de Ghiberti que vous ne nous faites pas connaître. Mais
tout cela, je le répète, est hors du sujet et ne saurait à
aucun propos, être mentionné quand il s'agit de l'acquisition de la collection Campana.

Vient ensuite le tour des majoliques, et pour déprécier cette série, vous employez le même moyen que
pour les vases antiques. Pour ces derniers, vous avez
nié, ou du moins vous avez relégué au dernier rang leur
intérêt scientifique ; pour les faïences, vous déclarez ne
faire aucun cas de la curiosité et de la rareté. Mais alors
où en seraient la plupart des collections les plus renom-
mées de la Renaissance? La collection Sauvageot elle-
même, qui tire si grand honneur de ses faïences Henri II,
quel cas voulez-vous qu'elle en fasse désormais après la
sentence que vous venez de rendre? Ce n'est pas l'art du
dessin qui en élève si haut le prix, ce n'est pas la suprême
élégance des formes ; mais c'est bien certainement la rareté de ces objets. Eh bien! les vingt-quatre pièces de

cette espèce de terre, qui se rencontrent au Kensington,
y sont placées comme au poste d'honneur. Vous voyez
que le conservateur, qui a si fort vos sympathies, en juge
autrement que vous, Monsieur.

Je ne nie pas que le Musée de Cluny et le Louvre ne
renferment peut-être quelques pièces plus *belles* que la
série des majoliques de la collection Campana, mais encore est-ce plus *rares* qu'il faut dire.

Nous prétendons seulement qu'on y trouve des spécimens de toutes les fabriques italiennes et de très-belles
pièces pour chacune d'elles. C'est tout ce qu'il faut pour
se faire une idée des procédés et du mérite de chaque
école. Si ce n'est pas votre sentiment, Monsieur, je regrette qu'il soit contraire, ici encore, à celui des hommes
spéciaux : de M. Riocreux, par exemple, de M. Jacque-
mart, de M. Delange, qui a déclaré qu'il y avait au Musée
Napoléon III un grand nombre de morceaux de premier
ordre.

« Quelle pièce peut-on citer, dites-vous, qui sorte du
« vulgaire comme forme et comme style ; aussi, même en
« l'épurant, vous n'en ferez sortir qu'une mesquine et
« incomplète image de cette grande branche de l'art ita-
« lien. »

Quelle pièce ? demandez-vous. Trouvez-vous que le plat
qui représente les Grimpeurs, d'après le dessin de Michel-
Ange, soit vulgaire, et la Leçon de lecture, et la Cène
surtout, d'après le dessin de Raphaël ? Celui-là, du moins,
aurait dû trouver grâce à vos yeux.

Vous dédaignez les reflets métalliques de Pesaro, et ce-

pendant vous n'en verrez pas de plus beaux au Kensington. Vous dédaignez les jolis portraits d'Urbino, les
beaux vases de Venise, et les reliefs de Gubbio et de Cas-
tel Durante. Pour vous, ce ne sont que des procédés per-
dus et des raretés « de bric-à-brac; » mais tout le monde,
fort heureusement, n'affecte pas ce dédain.

Quant aux trois séries, des bijoux, des verres antiques
et des terres cuites, vous leur rendez justice, et l'on ne
peut rien concevoir de mieux dit que le jugement que
vous en portez; mais pourquoi avoir oublié dans un article qui a la prétention d'être complet, les quarante-deux
peintures romaines dont quelques-unes sont du premier
mérite, et une, entre autres, la *Prima Vera*, efface la
plupart de celles de Pompéi? Pourquoi avoir passé sous
silence les ivoires antiques et surtout ces divinités ma-
rines, pièces uniques par leur caractère archaïque? Enfin
pourquoi n'avoir pas même mentionné ces mille inscriptions latines, dont la plupart sont inédites?

Mais c'est pour la série des tableaux que vous réservez
tous vos mépris. Vous faites bien une restriction, mais le
ton que vous lui donnez est plus outrageant peut-être que
vos critiques :

« Telle qu'elle est cependant (la série des tableaux),
« nous sommes loin de professer le dédain absolu qu'af-
« fectent certaines personnes. Qu'on y regarde bien :
« tout n'est pas médiocre; il s'en faut de beaucoup. »

Quelles sont donc toujours ces personnes inconnues
que vous faites passer comme des ombres dans le fond
du théâtre et qui ne disent jamais leurs noms? Il est

possible, après tout, qu'elles n'en aient point. Je vais tâcher d'être plus heureux ou plus explicite que vous. Permettez-moi, Monsieur, de vous en présenter quelques-uns de très-connus :

C'est M. Ingres, qui croit que la connaissance des primitifs sera singulièrement facilitée par l'étude de cette série, et qui en prise fort l'ensemble ; mais l'illustre artiste a fait plus que d'exprimer oralement toute son approbation, il en a consigné l'expression dans une lettre datée de Meung, le 8 septembre, et adressée à ses confrères de l'Académie des Beaux-Arts. Il ne nous est pas permis de reproduire textuellement ce document, puisque les séances de cette Académie ne sont point publiques ; mais ce qu'un scrupule de délicatesse nous interdit, le consentement le plus explicite de M. Ingres nous autorise du moins à faire connaître son jugement sur ce Musée Campana, « apprécié et admiré du monde savant, » et dont le mérite « *est sanctionné depuis bien des années par l'admiration éclairée des artistes et des archéologues les plus distingués de l'Italie, de l'Allemagne, de l'Angleterre et de la France.* » L'éminent artiste rappelle ensuite les remerciements adressés par la Compagnie à l'Empereur, « qui a doté notre belle patrie de ces nouvelles richesses enviées par les plus grandes nations auxquelles nous les avons disputées. »

Ce Musée, — ce sont à peu près ses expressions, — est du plus haut intérêt artistique, non-seulement par le nombre infini de tous les objets d'art qu'il renferme, mais encore par la *variété et la suite* que forment tous ces ob-

jets ; par les monuments des époques grecque, romaine,
du moyen âge et de la *belle renaissance*.

Ce que M. Ingres a répété à tous ceux qui lui en ont
parlé, c'est qu'il y avait, à ses yeux, dans le Musée Napoléon III, des morceaux d'un *type tout nouveau et qui
étonnent même ceux qui croyaient connaître l'antiquité ;*
ce qu'il devait ajouter encore dans sa lettre à l'Académie,
c'est qu'*il lui paraît impossible de diviser cette collection.*
Il ne peut s'expliquer comment « un jugement aveugle
ou des amours-propres mesquins veulent anéantir une
œuvre de cette importance, pour faire triompher des intérêts partiaux ou erronés. » Il appelle donc ses confrères,
si notre mémoire est bonne, à se prononcer avec énergie
pour le maintien du Musée Napoléon III dans son unité.
« Il est de notre devoir, ajoute-t-il, de dire notre pensée
tout entière et de sauver, s'il se peut, un Musée justement
célèbre. »

Vous citerai-je d'autres grands artistes après le nom de
M. Ingres ? c'est M. Flandrin, qui se serait opposé de tout
son pouvoir, s'il eût été mis en mesure de donner son avis
dans le sein de la commission, à ce que ces richesses
fussent divisées, à ce que l'unité de l'enseignement qui
peut résulter de leur rapprochement fût rompue ;

C'est M. Delacroix, qui trouve la série bien comme
elle est et où elle est, et qui s'est prononcé énergique-
ment contre les choix qu'on prétend y faire, et, certes,
M. Delacroix, votre collaborateur dans *la Revue* et votre
confrère à l'Institut, n'est pas suspect d'engouement
pour les primitifs ;

C'est M. Robert Fleury, qui n'est pas beaucoup plus que lui dans cette voie par le caractère de son talent, et qui a vu avec le plus grand intérêt cette suite de tableaux ;

C'est M. Gleyre et tant d'autres que je pourrais nommer encore ; mais les noms que je viens de citer parmi « les hommes du métier, » vous suffiront, je pense.

Il est vrai que ce sont des Français ; je ne puis vous offrir d'autres célébrités étrangères que celles que j'ai invoquées plus haut. Mais que voulez-vous, Monsieur? il faut se résigner à être de notre pays et à vivre un peu chez nous — avec nos gloires.

Je sais bien que vous récuserez peut-être, en qualité de critique, le témoignage de nos grands peintres pour bien juger de la peinture, et, qu'à la suite de M. le comte de Niewerkerque, vous les déclarerez sans doute incompétents ; mais je crois que le bon sens public s'obstinera longtemps encore à croire, qu'en fait de construction, les maçons et les architectes en savent plus que le commun du monde. Le critique bien avisé et impartial a beaucoup de bon, sans doute, s'il ne veut pas ressembler au stoïcien dont parle Horace, qui est seul roi et seul bon cordonnier, quoiqu'il n'ait jamais fait de souliers ; mais je voudrais chez le critique en matière d'art, deux qualités qui me paraissent essentielles :

La première serait de tenir un peu compte de l'histoire, de la science, et, partant, du caractère dominant d'une époque. Qu'était-ce que l'art en Italie aux treizième, quatorzième et quinzième siècles? Et quand vous

4

parlez des chefs-d'œuvre absents de nos galeries, savez-
vous bien au juste, Monsieur, où ils sont, ces chefs-
d'œuvre? Croyez-vous que l'essor de ces artistes enfants
qui s'ignoraient eux-mêmes, comporte bien ce que nous
appelons des chefs-d'œuvre ?.

Que répondriez-vous à celui qui, surprenant votre admiration devant l'ensemble de l'église de Cologne et le
portail de la cathédrale de Reims, vous demanderait les
noms de ces sculpteurs, de ces architectes qui s'intitu-
laient humblement les *maçons de Notre-Dame;* comment
vous y prendriez-vous pour chercher dans cette éblouis-
sante manifestation de la pensée religieuse et du sentiment chrétien, et faire toucher du doigt les *chefs-d'œuvre*
de chacun. Le chef-d'œuvre du treizième siècle, quel est-
il? Où le trouver? dans saint Bonaventure ou dans saint
Thomas. Quels sont les noms de tous les poëtes francis-
cains et où sont leurs chefs-d'œuvre? Je ne sais pas davantage, quant à moi, où sont les chefs-d'œuvre des
Memmi, des Giotto même et des Cimabue. Ils sont partout
où leur amour naïf d'un art encore confus et leur sentiment
profond de la beauté du Christianisme a laissé des traces.
Mais, à mes yeux, je vous avoue que le chef-d'œuvre de
Giotto n'est pas plus à l'Arena de Padoue qu'à Assise ou
à la Santa-Croce de Florence. Leur habileté n'était pas
assez grande et leur inspiration était trop soutenue pour
qu'une œuvre excellente et exclusivement privilégiée ait
absorbé la meilleure part d'eux-mêmes; je dirai que leur
âme s'est répandue également dans tous leurs ouvrages,
et si vous avez longtemps parcouru l'Italie en amateur

éclairé, comme je veux le croire, vous avez dû être frappé
de ce caractère dominant des écoles religieuses, et surtout monastiques des treizième et quatorzième siècles.
Partant, je suis étonné que vous demandiez des chefs-
d'œuvre à la collection Campana ; des œuvres capitales
par leur étendue, je le comprendrais mieux. Mais vous le
savez, Monsieur, les compositions grandioses de ces hum-
bles artistes décorent les murs et les voûtes des églises.
Je regrette avec vous que les commissaires français n'aient
pu prendre sur leur route la fresque de Cimabue à Assise, le calvaire de Fiesole à Saint-Marc de Florence, et
le triomphe de la Mort d'Orcagna. J'eusse aimé à contempler, à Paris, les vingt-trois compositions de Benozzo
Gozzoli, qui sont malheureusement au Campo-Santo ;
mais il faut en prendre son parti. Nous n'avons, de ces
anciens maîtres, que de petits sujets de médiocre dimen-
sion ; mais quoi que vous en disiez, il y en a assez d'inté-
ressants et d'assez authentiques pour qu'on puisse prendre
une idée très-satisfaisante, très-complète même, de cette
époque religieuse et primitive de la peinture, je dirai de ces
vieilles écoles, mères du grand art des Léonard et des Raphaël. C'est du moins l'avis de nos grands maîtres qui admirent autant que vous, Monsieur, « les chefs-d'œuvre, »
mais qui ne méprisent pas de connaître la route qu'on a
faite avant de les produire, qui ne dédaignent même pas
ce qui semble s'écarter davantage de leur occupation ha-
bituelle ; c'est l'histoire très-curieuse des manifestations
de la pensée chrétienne, les formes traditionnelles qu'elle
revêt, les symboles qu'elle explique, et, en un mot, tout

ce langage mystique facile à retrouver, pour peu qu'on veuille l'étudier, dans le grand nombre de tableaux que la France vient d'acquérir.

Je ne vois pas, quant à moi, pourquoi vous comprendriez, parmi les œuvres médiocres : le saint Christophe de Cimabue, la Vierge de Giotto, l'Annonciation de Memmi, celles de Bonfili et de Benozzo Gozzoli ; le tableau capital de Fiesole, qui porte encore l'écusson de Côme de Médicis ; les très-rares peintures archéologiques de Paolo Uccello ; les deux énergiques panneaux d'Andrea del Castagno ; les Fra Lippi, les Boticelli, d'un style si élégant ! la Vierge et les Saints de Domenico Veneziano, d'un si grand caractère, et la Madeleine de Lorenzo di Credi, qui est bien, vous pouviez l'affirmer, un chef-d'œuvre. Je suis de votre avis sur les attributions fausses ; mais il faut vous en prendre au catalogue Campana, qu'on devait reproduire en attendant que les tableaux inconnus fussent baptisés de leur vrai nom. Je ne dis rien des toiles modernes, quoiqu'il y en ait qui sortent tout à fait de la ligne commune, ne fût-ce que les deux *Francia*, la Catherine d'André del Sarte, le Cima da Conegliano, les admirables portraits de la bibliothèque d'Urbin, la belle esquisse de Fra Bartolomeo, les Claude Lorrain, les Sassofferato, etc. Je n'aime pas plus que vous les tableaux sans caractère, sans origine et sans talent, et vous avez bien raison de vouloir qu'on les retranche. Personne ne le contestera ; mais il me semble que le nombre n'en est pas aussi grand que vous le donnez à croire. Notez que nous ne parlons plus de chefs-d'œuvre, puisque ce mot ne commence à

présenter un sens clair qu'à l'époque où les procédés du
grand art sont trouvés, c'est-à-dire à la fin du quinzième
siècle ; mais il n'est question que de laisser en place dans
cette série chronologique, tout ce qui explique et déve-
loppe la grande pensée de ces époques religieuses, mys-
tiques, pénétrées de foi, et où l'artiste était plutôt chargé
d'en interpréter les sublimes élans que d'arriver à la per-
fection idéale par la contemplation et l'imitation de cette
beauté souveraine qu'ont vue Phidias et Raphaël.

Je crois, Monsieur, que vous êtes de trop bonne foi
pour ne pas vous rendre, après réflexion, à mon avis,
qui n'est que l'écho bien affaibli des hommes compétents
sous l'égide desquels j'ai osé, avec de si faibles armes, entreprendre la défense du Musée Napoléon III contre un
adversaire tel que vous.

La seconde qualité essentielle que l'on doive réclamer
d'un critique en matière d'art, c'est, selon moi, q 'il n'ait
jamais été homme politique ou qu'il l'ait été le moins
possible. Je m'explique, en terminant, sur ce point déli-
cat. L'homme politique, c'est-à-dire l'homme de parti, est
toujours, et souvent à son insu, mal à l'aise pour parler
de ce qui se fait sous une régime qu'il n'aime pas, qu'il
combat par intérêt ou par conviction, et contre lequel il
nourrit involontairement une rancune qui lui ôte toute
liberté de jugement. Souvent il a attaché son nom à telle
mesure dont les conséquences ne sauraient être blâmées
par lui, et c'est là assurément un grand moyen d'indépendance qui lui est ôté.

Par exemple, comment vous y prendriez-vous, Monsieur, si vous aviez à juger aujourd'hui, après plus de
dix ans écoulés, l'ouvrage des *Catacombes de Rome*, par
M. Perret, ouvrage pour lequel vous avez, dans un rapport d'ailleurs très-remarqué, demandé et fait voter par
l'Assemblée un crédit de 180,000 fr. (1). Si, par repré-
sailles de ce que vous dites si injustement aujourd'hui du
prix élevé de l'acquisition faite par la France, on vous
demandait compte à vous, simple particulier, d'avoir, sous
votre responsabilité quasi personnelle, tant était prépon-
dérante votre autorité dans la commission, fait voter cet
encouragement peu modeste à une œuvre dont vous pro-
mettiez des merveilles, et qui a abouti à ce que tout le
monde sait aujourd'hui, c'est-à-dire à une œuvre indigeste
qui ne saurait prétendre sérieusement à aucune autorité
scientifique et artistique, que répondriez-vous? Et que
serait-ce s'il vous fallait parler vous-même de cette mal-
heureuse campagne oratoire et vous justifier des sommes
qu'elle a coûtées? Il ne vous resterait guère d'autre parti
que de confesser votre erreur d'homme politique et de
critique en matière d'art et de science. C'est cet aveu et
ce retour tardif que j'eusse voulu vous épargner en ce qui
concerne le Musée Napoléon III; mais il est bien tard
déjà, et j'ose espérer que si la France fait quelque glorieuse
acquisition, à l'avenir vous écouterez mieux le conseil des
hommes illustres dont j'ai invoqué les noms, et qui se joi-
gnent à moi pour vous souhaiter, avec plus de raison que

(1) Assemblée législative. Voyez *le Moniteur* du 2 juillet 1851.

l'archevêque de Grenade à Gil-Blas, une meilleure fortune « avec un peu plus de goût. »

Veuillez agréer, Monsieur, l'expression de la reconnais-
sance que je vous dois pour m'avoir fourni l'occasion de
rétablir ce qui est vrai et juste, et croyez que je suis plus
que jamais votre humble et obéissant serviteur.

ERNEST DESJARDINS.

FIN

www.ingramcontent.com/pod-product-compliance
Lightning Source LLC
Chambersburg PA
CBHW061644180626
46818CB00003B/957